Più di una cameriera

Impronta

Titolo del libro: Più di una cameriera
Autore: Daniel Martinez

© 2024, Daniele Martinez
Tutti i diritti riservati.

Autore: Daniel Martinez
Contatto: ireact898337@gmail.com

Più di una cameriera

Scritto da
Daniele Martinez

India
2024

CONTENUTI

Capitolo 1

capitolo 2

capitolo 3

capitolo 4

Capitolo 1

Spero di non rovinare tutto.

Quella singola frase echeggiava nella mia mente mentre camminavo lungo il sentiero nel bosco nelle ore crepuscolari di una bellissima giornata di giugno. Gli uccelli cinguettavano, le ruote della mia valigia cigolavano e il mio cuore batteva forte. Essendo un 24enne appena uscito dal college, le mie preoccupazioni erano cambiate drasticamente dopo la laurea. Non più preoccupato dai chili di troppo o dai documenti a breve termine, ora ero concentrato sulla ricerca di soldi sufficienti per cibo e alloggio. La mia laurea era in un campo saturo che richiedeva almeno un anno di stage non retribuito anche solo per essere preso in considerazione per una posizione retribuita. Ero al verde e non potevo aspettare così a lungo.

Il sentiero che ho percorso mi ha portato alla tenuta Carawell, un nome ben noto nella mia parte del New England per la sua ricchezza e per uno scandalo che coinvolgeva il loro figlio neonato scomparso quindici anni fa. Victor Carawell era una leggenda nel settore degli agenti di cambio, noto per la sua straordinaria serie di investimenti di successo che portavano a un'immensa ricchezza. Alcuni lo accusarono di barare, mentre altri lodarono la sua intelligenza e fortuna. Non lo avevo mai incontrato, quindi non avevo opinioni. Per me era il mio futuro datore di lavoro e il mio biglietto per costruire i miei risparmi. Ero stata assunta come una delle tante cameriere del signor Carawell.

Ho avuto qualche esperienza di pulizia grazie a un lavoro part-time al college. Non è mai stato nella misura di servire un multimilionario, ma il mio amico ed ex compagno di classe James ha garantito per me. Lavorava nelle scuderie da quando si era diplomato un anno prima di me. Sapere di avere un volto amico in quella magione nascosta mi confortò, anche se il mio cuore batteva ancora.

Quando raggiunsi la porta d'ingresso della villa, erano le 6:15, un quarto d'ora dopo l'orario previsto per il mio arrivo. Mentre bussavo alla porta, preparavo varie scuse per il mio ritardo. L'autobus era in ritardo, il cammino dalla strada principale era durato quasi dieci minuti: quel posto era difficile da raggiungere. Ma prima che potessi suonare il campanello, apparve una donna. Aveva un aspetto distinto: capelli perfettamente divisi, costoso maglione grigio, gonna nera attillata e i tacchi più alti che avessi mai visto. Inizialmente non disse una parola, mi guardò semplicemente attentamente, facendomi sentire una preda.

"April Thompson?"

"Sì signora. Mi scuso per il ritardo, io..."

"Non importa. Sarò il tuo supervisore. Puoi chiamarmi Helen. Vieni, ti facciamo prendere le misure. Speriamo di finire per l'ora di cena."

Helen mi condusse attraverso la villa così velocemente che ebbi a malapena il tempo di registrare le stanze. I suoi tacchi risuonavano mentre camminavamo e i miei occhi saettavano attraverso ogni porta aperta: il maestoso ingresso con una grande scalinata, una biblioteca con libri che arrivavano fino al soffitto e gli odori e i suoni provenienti dalla cucina. Mentre camminavamo, Helen mi raccontò una breve storia della villa. La sua voce era un mix tra quella di una guida turistica sovraeccitata e quella di una severa insegnante di scuola superiore.

"La Carawell Estate apparteneva in passato alla famiglia Elliot. Fu costruito nel 1927 con lavori di ristrutturazione nel 1940, 1977 e più recentemente nel 1995. L'ultimo Elliot rimasto, George Elliot, sperperò la sua eredità e fu costretto a venderlo. Il nostro staff è stato felice di vederlo andare via. Victor Carawell è un uomo molto più adatto per cui lavorare. Lui e sua moglie ci trattano equamente".

"Lo incontrerò stasera?"

"Aprile, spero di no. Il signor Carawell è molto occupato. Il nostro compito è garantire che la fatica quotidiana non ostacoli la sua carriera. Se svolgi bene il tuo lavoro, avrai un'interazione minima con lui. E ti ricompenserà di conseguenza.

Una parte di me era delusa. Victor Carawell era un recluso, che conduceva gli affari interamente da casa. Incontrarlo di persona e stringergli la mano sarebbe stato esclusivo. Tuttavia, il tono e le parole di Helen erano chiari. Ero solo una piccola parte nel funzionamento della famiglia.

"La villa ha due ali, est e ovest. L'ala est è dove lavora il signor Carawell. I suoi segreti commerciali devono essere protetti, quindi entrare nell'ala est senza permesso è motivo di licenziamento".

"Non è consentito entrare nell'ala est, capito."

"Trascorrerai la maggior parte del tuo tempo nell'ala ovest, che comprende la sala da pranzo, le cucine, il salotto, le camere da letto principali e gli alloggi del personale capo. Come nell'ala est, non è possibile entrare nella camera da letto principale senza permesso. Occasionalmente, il signor Carawell può richiedere che vengano portati lì cene o spuntini.

"Dove alloggerò?"

"La nostra destinazione in questo tour. C'è una dependance accanto alle stalle per le cameriere, i maggiordomi e i cuochi. Avrai la tua stanza in cui ritirarti la notte. Tecnicamente sei in servizio a tutte le ore, ma distribuiamo equamente il carico di lavoro. Hai libero accesso alla dependance, che comprende cucine e un'area ricreativa. Se hai bisogno di qualcosa, contattami."

In fondo al corridoio, una grande porta di legno conduceva all'esterno. Un vialetto di ghiaia collegava a un piccolo edificio che poteva ospitare, a mo' di dormitorio, dieci o venti dipendenti. Helen mi ha avvertito che la porta della villa si chiudeva automaticamente, ma avrei avuto una chiave e avrei dovuto segnalare immediatamente qualsiasi smarrimento. Con la coda dell'occhio ho visto le stalle e mi sono chiesto se James lavorasse lì. Helen e io entrammo insieme nella dependance.

«Adesso la dependance sarà abbastanza vuota. Ti mostrerò la tua stanza, dove potrai disfare le valigie e sistemarti. Tornerò con la tua uniforme.

Solo passi attutiti e porte che si aprivano echeggiavano mentre Helen mi mostrava la mia stanza. Non era lussuoso come la villa ma aveva gli elementi essenziali: letto, scrivania, cassettiera, armadio e il mio bagno. Helen è andata a prendere la mia uniforme e ho apprezzato la vista della villa dalla finestra.

Il bosco si estendeva ben oltre ciò che potevo vedere. Con la coda dell'occhio ho visto del movimento in una finestra del piano superiore. Un uomo guardava lontano mentre si abbottonava la camicia bianca. I dipinti che ho visto corrispondevano esattamente al suo volto: lo stesso Victor Carawell.

Anche a quella distanza, la sua presenza era immensa. Il suo viso era giovane e fanciullesco, ma il suo comportamento trasudava potere. I suoi occhi, freddi e concentrati, lasciavano intravedere un milione di pensieri. Era convincente, un professionista nel suo mestiere.

All'improvviso, i suoi occhi balzarono dal bosco alla dependance, direttamente su di me. Sono andato nel panico e sono saltato via dalla finestra. Questo per quanto riguarda le prime impressioni.

Disimballai il resto delle mie cose, evitando la finestra. Helen tornò con la mia uniforme e mi esortò a provarla. Era un outfit gonfio: gonna di pizzo con volant, corpetto nero e graziosi fiocchi rosa. Sembrava distinto ma sembrava anche un po' il costume da cameriera di un porno. Tuttavia, metteva bene in risalto le mie curve. Potrei abituarmi.

"Come ci si sente, caro?" chiese Helen attraverso la porta.

"È un po' stretto davanti."

Lei si accigliò. "Una volta era mio."

Ops.

"Vedrò se riesco a sistemarlo più tardi. Inizieremo domani alle 5 in punto."

Forse non avrei dovuto dire nulla.

Io e il signor Carawell non ci siamo mai incrociati per tutta la settimana. Mi sono ritrovato in stanze vuote, cercando di rimanere nell'ombra mentre pulivo. Di tanto in tanto intravedevo il signor Carawell o sua moglie, spesso seguiti dalla servitù. Questi sguardi casuali non facevano altro che alimentare la mia curiosità. Non avevo mai svolto un lavoro in cui non avessi incontrato il mio capo. Volevo salutarlo, capirlo. Ma lui era intoccabile, sempre accompagnato dalla signora Carawell o da un assistente. Da quella prima notte, non aveva mai guardato nella mia direzione. Ero un'ombra nella sua villa.

CAPITOLO 2

Durante le mie ore libere, scendevo spesso nella stalla per parlare con James mentre si prendeva cura dei cavalli. Ci raccontavamo le rispettive giornate, ci rilassavamo e ci rilassavamo con un po' di birra per distenderci dall'ambiente elegante. Ho fatto del mio meglio per estorcergli maggiori informazioni sul nostro capo, ma James era altrettanto all'oscuro. Di tanto in tanto, forniva pettegolezzi da cui ero ossessionato.

«Hai visto la signora Carawell ultimamente? Cid mi sta dicendo che è stufa di Victor. Potrebbe addirittura esserci una separazione".

Sentivo il cuore battere forte alla prospettiva di un singolo signor Carawell, anche se la mia mente continuava a dirmi perché non significava nulla. Ero confuso sul motivo per cui mi sentivo così nei confronti di un uomo così anziano. Ero un laureato senza soldi, una faccia semplice e poco da offrire a un uomo come Victor. Se era abituato a donne del calibro della signora Carawell, non avrei mai potuto sperare di fare paragoni. Tuttavia, la mia mente si scatenava con la fantasia di lui che entrava nella mia camera da letto a tarda notte e si faceva strada con me. Non ho condiviso il mio segreto con James.

"Eh. Chissà se lo farà prima della cena dei Lockheart. Tutti sono già stressati così come sono".

"Speriamo che aspetti."

Speravo che anche lei aspettasse. Dall'alba al tramonto, sembrava che tutti parlassero solo dell'imminente cena nella speranza di assicurarsi un nuovo conto per il portafoglio del signor Carawell. Nessuno ha parlato dei dettagli esatti dell'accordo, ma si vociferava di un bonus di mille dollari a tutto lo staff se la serata fosse andata bene. Non erano esattamente soldi di beneficenza, ma trovavo comunque tenero il suo rispetto verso il suo staff.

"Stanno cercando personale in più sul ponte. Se lo desideri, posso mettere una buona parola per te".

Stare sull'attenti durante la cena e il servizio. Posizionare i tovaglioli sui giri. Riempimento di bicchieri da vino. Potrei farlo io!

"Oh, James, sarebbe fantastico! Grazie mille!"

Mentre lo abbracciavo amichevolmente, ho pensato a cosa significasse questa opportunità. Resterei nella stessa stanza del signor Carawell per un'intera serata. Con le spalle al muro e in silenzio, ovviamente. La mia mente giudicava il mio ragionamento. Ma il mio cuore batteva forte per l'eccitazione. Forse, solo forse, sarei stata notata ai suoi occhi.

James ha sicuramente messo una buona parola per me, e anche di più. La mattina dopo, Helen mi mise alla prova nella mia attitudine al servizio. Per fortuna, mi ero abituato ai tacchi che indossavo come parte della mia uniforme e potevo camminare in modo diretto e conciso. Anche quando si bilanciano cinque piatti (grazie, lavoro da cameriera adolescente). Il dettaglio richiesto da Helen era assoluto, dal mio mento sempre tenuto in alto al modo in cui tenevo le mani mentre aspettavo ulteriori istruzioni. Diverse ore di allenamento dopo, fui accettato nella posizione per la notte. Mi sentivo ancora come se fossi stato accettato per il rotto della cuffia.

Il giorno della festa, mi sentivo come se potessi crollare da un momento all'altro. Controllai meticolosamente il mio trucco, il mio vestito, i miei capelli, la mia postura. Eppure, avrei voluto avere più tempo per prepararmi. Quando sono arrivate le 7, ero già in fila con gli altri camerieri nella sala da pranzo. Ogni singolo paio di occhi era concentrato sulla porta d'ingresso. Aprì puntualmente alle sette e un quarto. Helen fu la prima a guidare, seguita dal signor e dalla signora Carawell, quelli che immagino fossero il signor Lockheart e sua moglie, e molti altri uomini e donne che immagino fossero i loro lacchè. Mentre Helen presentava il disegno in legno sulle pareti della sala da pranzo, continuavo a sperare che la sua testa si girasse nella mia direzione. Nessuna fortuna, anche se il signor Lockheart mi ha fatto un piccolo sorriso quando è passato. Ricambiai il sorriso come meglio potevo mentre l'odore del suo corpo mi invadeva le narici.

Era come una danza sincronizzata. Ho giocato al secondo con gli altri server; posare le posate, distribuire il cibo, accendere le candele. Mentre posizionavo il tovagliolo della signora Lockheart, ho notato che suo marito mi fissava il petto. In combinazione con il suo odore sempre più familiare di whisky e sudore, ho represso il bisogno di vomitare.

"Bella casa, Victor. Se il tuo senso degli affari è buono quanto il tuo senso dell'arredamento, vedo un flusso di entrate molto brillante nel nostro futuro".

Ridendo, il signor Carawell continuò la sua vendita.

"Certamente sono orgoglioso di questo posto. Anche se non posso prendermi tutto il merito, abbiamo uno staff eccezionale qui alla tenuta Carawell. Ora, mi risulta che stai proponendo una scissione inversa della Irvine Energy. Ho già visto questo schema; gli azionisti verranno a far valere il loro valore…"

Le chiacchiere d'affari mi annoiavano, così mi sono concentrata sull'atmosfera. La signora Carawell non aveva detto una parola da quando era entrata e sembrava evitare a tutti i costi la conversazione del marito. Il signor Carawell stava chiaramente dominando la conversazione, selezionando meticolosamente ogni singolo punto del piano aziendale di Lockheart. Anche con un grosso premio in palio, non ha mai evitato di essere brutalmente onesto. Eppure non è mai passato dal critico all'offensivo. Potevo capire perché era bravo in quello che faceva. Lockheart alzò il bicchiere, a significare che era necessario riempirlo di nuovo. Speravo che un altro server mi aiutasse, ma l'uomo mi stava guardando direttamente. Tenendo la faccia seria e trattenendo il respiro, presi la bottiglia di vino dal bar e tornai al tavolo. Gli occhi dell'uomo mi violarono con grande interesse. Ho combattuto l'impulso di scappare, concentrandomi invece sul versare il vino.

La mia faccia divenne fredda quando sentii l'improvvisa sensazione della mano del signor Lockheart che correva lungo la mia gonna e mi palpava il sedere. Mi ha sorpreso così tanto che ho perso il controllo del vino. Mi è caduto dalle mani, schizzandogli tutto il vestito. Avresti pensato che fosse esploso uno sparo vista la balicità di Helen. Nel giro di un secondo, stava urlando.

"Giovane April, porterai il signor Lockheart in cucina e risolverai il tuo errore!"

Ha continuato a scusarsi per un bel po'. Con la faccia brutalmente rossa, speravo che qualcuno avesse notato cosa aveva fatto il pervertito. Apparentemente no. Invece di indignazione nei suoi confronti, c'era solo delusione nei miei confronti. Lo stupido cameriere che aveva versato vino addosso all'ospite importante. La grazia salvifica era che il signor Lockheart non si era indignato, ma insisteva invece che si trattava di un semplice errore nonostante le profuse scuse di Helen. Alzai lo sguardo verso il signor Carawell. Lui mi guardò con occhi freddi e severi.

Almeno finalmente sono stato notato.

Il lavandino era nella zona posteriore della cucina. La mia mente impazziva per la paura. E se venissi licenziato? Non avevo un piano B. Per la prima volta da quando mi ero laureato, non mi preoccupavo di dove sarebbe arrivato il mio prossimo stipendio. Se avessi abbastanza cibo per il mese. La paura di perdere il lavoro superava la paura di quest'uomo ripugnante che avevo di fronte. Ho bagnato un asciugamano nel lavandino e ho iniziato ad asciugargli la maglietta. La mia mente era così distratta che non mi sono nemmeno accorta che eravamo fuori dalla vista dei cuochi.

"Ecco lì, hai commesso un errore. Noi tutti facciamo. Il tuo nome è April?"

"Si signore."

"È un nome molto carino. Hai un fidanzato?"

I campanelli d'allarme iniziarono a suonare nella mia testa. Mi sentivo congelato sul posto, incapace di decidere cosa fare.

"...Non penso che sia appropriato chiederlo, signore."

"Certo che sei un professionista. Parliamo di affari allora. Cara April, sai perché sono qui?"

"Certo signore. Per raggiungere un accordo con il signor Carawell. Non potrei dirti i dettagli; le cameriere non si preoccupano di questo.

"Non sei prezioso? D'altra parte, dubito che Victor lo direbbe al suo staff. Vedi, ultimamente sta attraversando un periodo difficile. Una scelta un po' sbagliata negli investimenti. Naturalmente il pubblico non lo sa, ma sta perdendo credibilità. È molto bravo a nasconderlo, ma ha bisogno che persone come me continuino a pagare per la vita sontuosa che vive. Il che pone me, il socio in affari, in un'ottima posizione."

Ho sentito la sua mano sulla mia spalla. Guardandolo negli occhi, mi sono sentito molto piccolo. Ha continuato a parlarmi.

"Ad essere sincero, non sono sicuro di voler più collaborare con Victor. Almeno questa è la decisione verso cui sono propenso. Ha perso il suo vantaggio. Non ci si può più fidare. Però sono un uomo comprensivo e posso lasciarmi convincere. Vuoi che il tuo datore di lavoro abbia la mia attività?"

Ho annuito in silenzio. Il mio corpo tremava.

"Così ho pensato. Sei molto carina. Penso che tu possa convincermi più di quanto potrebbe mai fare il tuo datore di lavoro.

"Signore, io..."

Mi afferrò rudemente per i capelli, avvicinandomi il viso al suo inguine. Puzzava peggio del suo odore.

"Vietato parlare. Lo renderò semplice. Prenditi cura di me, mi assicurerò che Victor non perda questa casa. Se rifiuti, non solo mi assicurerò che Victor perda la casa, ma mi assicurerò anche che tu perda il lavoro. Mi assicurerò che non lavorerai mai più come domestica. Non lo vorremmo, vero, caro?"

Trattenendo le lacrime. La testa suda selvaggiamente. La mia mente sapeva che dovevo scappare, urlare, ma la sua presa sui miei capelli era potente. Al diavolo il mio lavoro. Ho urlato.

"LASCIAMI ANDARE!"

"Sig. Lockheart, che diavolo sta succedendo?!"

Quella voce. Mi sono voltato e ho visto il signor Carawell in piedi a meno di un metro da me. I suoi occhi infuriavano di un fuoco che non avevo mai visto prima.

"Ah, Vittorio."

Quando ero sdraiato nel mio letto le lacrime si erano fermate. La mia mente era un turbinio di pensieri ed emozioni e non riuscivo a scrollarmi di dosso il sentimento di vergogna e paura. Il mio lavoro, il mio futuro, tutto sembrava così incerto adesso. Ero così concentrato sull'idea di impressionare il signor Carawell, di farmi notare in una luce positiva, ma ora tutto sembrava contaminato.

Un colpo alla porta mi distolse dai miei pensieri. Mi sono asciugato il viso e ho fatto un respiro profondo prima di aprirlo. In piedi lì c'era il signor Carawell, la sua espressione severa ma con una punta di preoccupazione negli occhi.

"Posso entrare?" chiese, con la voce più dolce di quanto mi aspettassi.

Annuii e mi feci da parte per lasciarlo entrare. Lui chiuse la porta dietro di sé e si voltò verso di me.

"April, voglio scusarmi per quello che è successo stasera. Il comportamento del signor Lockheart è stato del tutto inaccettabile e ti assicuro che verrà trattato di conseguenza."

"Grazie, signore", sussurrai con la voce tremante. "Ero così spaventato."

Si avvicinò, i suoi occhi si addolcirono. "Posso immaginare. Hai mostrato un grande coraggio nel tenergli testa. Sono orgoglioso di te per questo.

Lo guardai, sorpreso dalle sue parole. "Ma ho rovesciato il vino e..."

Alzò la mano per fermarmi. "La fuoriuscita è stata un incidente. Ciò che conta è come ti sei comportato in una situazione difficile. Non hai fatto niente di male."

Le sue parole portarono un piccolo senso di sollievo, ma sentivo ancora il peso degli eventi della serata opprimermi. "Stavo solo cercando di fare il mio lavoro. Non volevo creare problemi."

«Non hai causato alcun problema, April. Se non altro, hai rivelato il vero carattere di un uomo con cui stavamo pensando di fare affari. Questo ha un valore inestimabile".

Annuii, provando ancora un mix di emozioni. "Grazie Signore."

Mi rivolse un piccolo sorriso rassicurante. "Prenditi il resto della notte per riposare. Gestiremo tutto da qui. E sappi che non sei solo in questo.

Quando si voltò per andarsene, provai un'ondata di gratitudine. "Sig. Carawell?»

Fece una pausa e mi guardò. "SÌ?"

"Grazie. Per tutto."

Lui annuì, con un'espressione seria. «Non c'è di che, April. Buona notte."

"Buona notte Signore."

Quando la porta si chiuse alle sue spalle, sentii uno strano senso di calma invadermi. La notte era stata un incubo, ma alla fine avevo trovato un alleato inaspettato nel signor Carawell. Mi rannicchiai nel letto, finalmente la stanchezza mi sopraffaceva. Nonostante tutto, ho sentito un barlume di speranza. Forse le cose sarebbero andate bene, dopo tutto.

CAPITOLO 3

Fissando il soffitto in uniforme, gli eventi della serata si ripetevano nella mia testa come un disco rotto. Ero grato che Victor fosse intervenuto per salvarmi, ma provavo una profonda vergogna per non essere riuscito a risolvere la situazione da solo. Nessun lavoro valeva la pena di essere molestato. Ma che dire dell'affermazione del signor Lockheart secondo cui Victor è un ipocrita? Evidentemente avevano una storia insieme. Che tipo di uomo era Victor allora? Che tipo di uomo era adesso?

Dopo circa un'ora di riflessione, ho deciso tre cose. Primo, non è stata colpa mia. Il signor Lockheart era un pervertito egoista e, se fossi stato così sfortunato da incontrarlo di nuovo, lo avrei denunciato o lo avrei evitato del tutto. Due, dovevo essere più intelligente nel mettermi in queste situazioni. Avevo molto da fare in questo lavoro, ma la mia sicurezza era molto più importante. Terzo, il signor Carawell è stato il mio salvatore. Avevo bisogno di mostrargli quanto apprezzavo il suo intervento e dimostrare che avevo imparato dall'esperienza e che sarei stato più testardo in futuro. Non ero impotente e non ero un peso per il suo staff. Questo, ovviamente, presupponeva che non mi avrebbe licenziato a titolo definitivo. Le parole di Helen dopo che avevo versato il vino bruciavano ancora.

Toc toc. Il momento che avevo contemporaneamente aspettato e temuto era arrivato. Dall'altra parte della porta della mia camera da letto, il signor Carawell era solo. Non si era fermato per cambiarsi dopo la cena, ancora vestito con il suo smoking immacolato. I suoi occhi avevano degli anelli più pallidi che si stavano formando sotto di loro, e il suo vestito sembrava consumato e arruffato. Le cose sono diventate violente tra lui e il signor Lockheart? Il suo atteggiamento era imponente, come se fosse pronto a sgridare un animale domestico. L'atmosfera che riempiva la stanza mi diceva tutto quello che avevo bisogno di sapere. Non voleva avere a che fare con me in questo momento. Probabilmente si vergognava di farlo. Ho rotto il silenzio, sperando che la fedeltà ispirasse misericordia.

"...mi dispiace, signor Carawell."

Indicò silenziosamente il letto, facendomi segno di sedermi. Ubbidii, mettendomi le mani in grembo, con gli occhi solennemente puntati verso terra. Il signor Carawell prese una sedia e si sedette proprio di fronte a me. Lasciò che il silenzio restasse sospeso nell'aria. I miei polmoni sembravano aver smesso di funzionare. Ci volle tutta la mia forza di volontà per incontrare il suo sguardo sprezzante.

"Aprile, vero?"

Ho annuito leggermente.

"È passato un po' di tempo dall'ultima volta che ho chiesto informazioni su uno dei membri dello staff di Helen. Sei un neolaureato della Wesleyan in un campo non correlato. Tragicamente non sei riuscito a trovare una posizione adatta, quindi hai accettato un posto vacante qui come aiuto temporaneo. Il mio stalliere ti ha mandato, se la memoria non mi inganna. Come ti è sembrata la prima settimana alla villa? Travolgente, ne sono sicuro.

Ancora una volta, riuscii a malapena ad annuire.

"Sei un po' una rarità. La maggior parte delle cameriere professioniste considererebbe questa posizione molto desiderabile. Alcuni potrebbero addirittura considerarlo un lavoro da sogno; top della linea per il loro campo. Quando ho esaminato le domande, sicuramente avrei dovuto ignorarti. Poca esperienza. Nessun rinvio. Solo una raccomandazione da parte di un ragazzo che passa le sue giornate lavorando con i cavalli. Eppure eccoti qui. Servire il mio patrimonio."

Dove voleva andare a parare?

"La mia specialità è prevedere le tendenze, April. Vedere il potenziale di crescita. In superficie, sono profitti, entrate. Ma è un dono che ho utilizzato per tutta la vita. Con gli amici, i colleghi, le relazioni. Ho scoperto che di fronte a una decisione, il mio istinto è migliore di qualsiasi altro paragone. Attraverso quell'applicazione, il mio istinto ti ha visto."

Ecco che arriva. Come il suo istinto fosse sbagliato questa volta. Come riesce a commettere errori di tanto in tanto.

"Sig. Lockheart ha scelto di non utilizzare i miei servizi."

Preparati...

"April, è tutta colpa mia. Sono andato contro il mio istinto. In primo luogo, non sarebbe mai dovuto essere qui."

In un attimo mi sono tolto di dosso un peso enorme. Incrociai il suo sguardo con occhi curiosi. Se non era lì per rimproverarmi, perché aveva bisogno di comparire?

«Sono... sono felice di saperlo, signor Carawell. Avevo così tanta paura di aver fatto un errore."

"Sig. Lockheart era un mio vecchio amico. Di un altro tempo, prima che maturassi. Mi dispiace che tu fossi compromesso, avrei dovuto agire prima."

Allungandosi, mi prese la mano nella sua. Rimasi a bocca aperta mentre l'elettricità danzava sulle mie dita.

"Sig. Carawell... posso farti una domanda?"

Annuì.

«Davvero una volta eri come lui? Ti ha chiamato ipocrita..."

Sospirando profondamente, lasciò andare la mia mano e guardò fuori dalla finestra.

Era come se le sue parole successive fossero le più importanti del mondo.

"Non sono orgoglioso di dove sono adesso, ma lo sono ancora meno di dove ero. Sì, April, non ero una brava persona. Sono stato offensivo, irrispettoso, terribile. Pensavo che fosse la normalità di questa industria spietata. Beh, suppongo che sia la normalità. Come purtroppo avete visto questa sera. Questi mostri si credono intoccabili."

"Ma tu e tua moglie? Eri davvero così quando hai conosciuto la signora Carawell?"

Ridacchiando leggermente, il signor Carawell continuò.

"Scarlet è proprio come loro. Cavalca le tracce del successo, non importa cosa comporta la diffamazione. Sono anni ormai che cerco di liberarmi. Ma ahimè, la mia carriera è l'unica cosa a cui ho tempo da dedicare adesso."

Le sue parole sembravano così tristi. In un istante il mio atteggiamento nei suoi confronti cambiò da intimidito a pietà. Non potevo sopportare di vedere un uomo così potente in uno stato d'animo così intimo. Ancor di più, non potevo sopportare di non fare qualcosa al riguardo.

"Signor Carawell... posso farle un'altra domanda?"

Prendendosi tutto il tempo necessario per rispondere, il signor Carawell parlò.

"Solo uno."

"C'è qualcosa che posso fare per te? Oltre ai miei soliti doveri, ovviamente. Mi hai salvato stasera. Voglio ricambiare il favore."

Mi guardò, con un misto di sorpresa e curiosità nei suoi occhi. "April, non devi fare altro. La tua sicurezza e il tuo benessere sono ciò che conta. Ma se vuoi davvero aiutare, sii te stesso e continua a fare del tuo meglio qui. Questo è tutto ciò che chiedo."

Ho provato un caldo senso di gratitudine e sollievo. "Grazie, signor Carawell. Farò del mio meglio."

Sorrise, un sorriso genuino e caloroso che mi fece sentire al sicuro. "Bene. Adesso riposati. Abbiamo molto da fare domani."

Mentre si voltava per andarsene, sentii uno strano senso di calma invadermi. La notte era stata un incubo, ma alla fine avevo trovato un alleato inaspettato nel signor Carawell. Mi rannicchiai nel letto, finalmente la stanchezza mi sopraffaceva. Nonostante tutto, ho sentito un barlume di speranza. Forse le cose sarebbero andate bene, dopo tutto.

CAPITOLO 4

Ci fu un leggero strattone sui miei capelli. Tirando fuori il suo membro con un lieve schiocco, mossi nuovamente la testa per soddisfare il suo sguardo. Un piccolo filo di saliva mi scende lungo il mento e un sorriso felice sul mio viso. Il signor Carawell mi ha dato un semplice ordine.

"Più in profondità, April. Prendilo fino in fondo."

Mentre abbassavo lo sguardo sul grosso membro sotto il mio mento dubitavo che avrei dovuto farlo.

"Signore, io..."

"Niente parole, April. Rilassati."

Le emozioni mi attraversarono. Dubito dei miei talenti. Paura per la sua schiettezza. Rabbia, per il suo disprezzo per le mie stesse emozioni. Ciò che ha guadagnato a tutti si è trasformato in una scelta. Fare gola profonda non è mai stata una cosa che mi rendesse desiderabile. È diventato tempo di ricerca. Quale momento migliore per esercitarsi se non adesso?

"Certamente, signor Carawell."

Guardando ancora una volta il cazzo che stavo succhiando così diligentemente, la mia convinzione è cambiata. Ciò che una volta era caldo e invitante, ora sembrava una montagna da scalare. Una prova delle mie capacità. Un'opportunità per andare oltre i miei limiti. Ho preso il suo pene in bocca e mi sono abbassato come avrei dovuto. Lentamente, delicatamente. È diventato ancora più efficace a metà strada. Ho allentato la mascella quanto avrei dovuto, rilassando i miei muscoli. Ma questo si è rivelato tutto ciò che avrei dovuto fare. Ancora una volta ho sentito le braccia del signor Carawell sulla parte posteriore della mia testa.

"Rilassati, April. Non ho alcun dubbio che tu possa."

Con mia sorpresa, ha iniziato a spingere verso la parte posteriore della mia testa. Con qualsiasi altro uomo mi sarei arrabbiato. Ma non potevo dire di no al sig.

Carawell. Invece ho preso la sua forza come motivazione, aiuto per questa impresa. Si è verificata una questione straordinaria. Sentii il fondo della gola schiarirsi. Sono diventato capace di abbassarmi ancora di più. È diventata una sensazione fantastica e appagante vedere il suo cazzo colpirmi nella parte inferiore della gola. Con l'aiuto potente dei suoi palmi, sono riuscito a ottenere ogni centimetro del suo pene dentro di me. Rimase così per alcuni secondi mentre respiravo attraverso la narice. Il signor Carawell mi accarezzò i capelli.

"Buona femmina..."

Questo era tutto l'aiuto che dovevo mantenere. Trascinando le mie labbra lungo la sua asta, spostai la bocca indietro fino alla parte superiore del suo pene. Senza nemmeno rovinarmi ho fatto marcia indietro fino in fondo. È diventato meno complicato la seconda volta, una volta che la mia bocca si è sciolta. Ben presto torno a una velocità frenetica, succhiando e leccando con un desiderio infondato. Le reazioni del signor Carawell sono rimaste le stesse; lievi affermazioni di gioia ma comando ordinario. In un certo senso, è diventato me ancora di più. Mi ha fatto sperimentare l'usato, il sottomesso. Come se diventassi un giocattolo per lui. Con un altro l'avrei scoperto degradante. Ma con il signor Carawell... sono diventata orgogliosa di essere la sua troia.

Non c'è stata alcuna cautela mentre è arrivato qui. Solo una presa più forte sui miei capelli e il sapore salato dello sperma in gola. Stavo lavorando la testa con la lingua quando è successo, quindi ho rapidamente preso l'intera asta fino alla vita mentre le corde di sperma atterravano in profondità dentro di me. Ad essere sincero, non ho nemmeno registrato gran parte del gusto. È diventata mia responsabilità deliziare il signor Carawell e non ho provato altro che gioia nel farlo raggiungere l'orgasmo.

Il signor Carawell mi ha sollevato per il mento dopo aver finito. Ho iniziato a respirare più di quanto non facesse lui. Facendo un sorriso, ho parlato.

"Ho fatto bene?"

Lui sorrise.

"Oh April. Non ci siamo esibiti ma. Sul letto. Sulla schiena."

Speravo che potesse dirlo. Obbedendo diligentemente, mi sdraiai sul letto mentre lui si toglieva la cintura dai pantaloni sul pavimento. La familiare sensazione di disagio si è diffusa e si è rapidamente esclusa dai miei pensieri. Dai per scontato, mi sono istruito. Un'ora fa penso che potrei essere per strada. Ora mi stavo preparando ad avere un rapporto con un attraente milionario. E se fosse stato un po' rude? Come evidenziato da quanto ero bagnato, stavo prendendo parte a quanto diventasse autoritario e intimidatorio. Ho apprezzato il modo in cui ha preso il prezzo, il modo in cui sono diventato fondamentalmente lì per essere utilizzato a suo vantaggio. La sensazione si è trasformata in liberatoria, in un certo senso. Nessuna emozione. Nessun sentimento. Solo un rapporto puro e crudo.

Il signor Carawell alzò le dita sopra la testa; legandomi i polsi alla struttura del letto insieme alla sua cintura. Tubai e mi dimenai in modo seducente, facendo eco al mio desiderio di essere scopato mentre lui si toglieva lentamente i vestiti con professionalità. Ogni bottone della sua camicetta per vestirsi presupponeva che dovessi aspettare un altro secondo. L'attesa mi ha quasi ucciso. Alla fine divenne nudo, eretto e invadente nei miei confronti avidamente. Era tempo.

Il mondo si fermò mentre mi penetrava. La pelle d'oca si è accesa su tutta la mia pelle. Ho sentito ogni ultimo centimetro del suo pene scivolare dentro di me ad un ritmo assaporato. Il signor Carawell aveva gli occhi chiusi. I miei avevano gli occhi stellati, rotolavano all'indietro nella mia testa mentre inarcavo la schiena. Sembrava del tutto in contrasto con qualsiasi altro uomo con cui ero stato. Qualcosa riguardo alla repentinità della situazione, al potere che esercitava su di me, alla circonferenza del suo uccello. Tutto si mescolava a un sentimento di gioia per la mia enorme frustrazione repressa. Rimase così per un po', con il cazzo sepolto nel profondo di me. Probabilmente voleva provare pienamente la sensazione prima di andare avanti. Non mi importava.

Mentre i suoi fianchi si muovevano avanti e indietro, anche il mio respiro accelerò. Dovevo restare il più silenzioso possibile, c'erano altre cameriere e maggiordomi che attraversavano quelle mura e attraversavano la mia porta. Ma man mano che il suo ritmo aumentava non potevo fare a meno di gemere silenziosamente. Avanti e indietro, sentendo tutta la durata del suo cazzo passare dentro e fuori di me. Si trasformò in un movimento molto particolare con cui si trasformò. Colpì la giusta distanza prima di tuffarsi e rientrare, controllando il respiro come un

il corridore professionista lo farebbe. Proprio mentre cominciavo a desiderare che le mie dita non fossero legate per poterle strofinare sul suo petto ingombrante e sulla parte bassa della schiena, mi ha baciato.

Più particolarmente, mi ha baciato il collo. Seppellì il viso nel nocciolo della questione, mordendolo delicatamente. Mentre la sensazione mista di pelle d'oca e di solletico si diffondeva sul mio viso, il signor Carawell iniziò ad accelerare il ritmo. I suoi colpi ora non erano freddi e calcolati. Erano stati ancora più frenetici, come se lui avesse esaminato le acque e ora si fosse arreso alla sua scelta. Il calore che si irradiava dal suo corpo divenne potente. Il suo respiro mi riempiva l'orecchio mentre mi scopava. Mossi la testa per baciarlo sulle labbra. Quasi come se prevedesse i miei movimenti, fece scorrere la lingua verso il basso, in direzione del mio petto. Leccando e succhiando il mio seno mentre il suo pene continuava a riempirmi. Un po' deludente, ma le sensazioni scorrevano attraverso il mio corpo come apparecchi di illuminazione. Non ho potuto farne a meno, i miei gemiti sono diventati più forti per tutta la durata della stanza.

Ad un certo punto, mentre si fidava dall'alto del pinnacolo, era riuscito a sganciarmi la cintura dai polsi. Non mi ero nemmeno accorto che le mie dita cadevano fino al cuscino finché non mi ha smontato. Nel petto il mio cuore batteva all'impazzata. La stanza puzzava già di sesso. Guardando il signor Carawell, i suoi occhi vagarono su ogni centimetro della mia uniforme arruffata. Ho fatto scorrere le dita sul suo petto, luccicante del sudore di un'ottima scopata. La mia femminilità soffriva per il desiderio del suo cazzo. Alcuni potrebbero addirittura dire che diventa doloroso. Il signor Carawell lo sapeva; il modo in cui mi ha controllato ha dimostrato che amava la mia aspettativa. Gli piaceva la presa in giro. Gli piaceva avere questa manipolazione su di me.

"In cima. Ora."

Con una riserva al polso sono stato trascinato fuori dal letto. Il signor Carawell si sedette dietro la sedia, io a cavalcioni precariamente su di lui. Lo guardai negli occhi. Desideroso. Desiderio. Bruciando. Dai suoi occhi mi sentivo tutt'altro che identico. Provavo gioia nei suoi occhi. Energia. Desiderio. Con la mano sinistra mi afferrò i capelli in un unico ciuffo. Affondai la testa nel suo collo e mi ridussi con grazia. La mia gonna si è rovesciata sulle sue gambe mentre mi impalavo di nuovo sul suo cazzo.

Questa è diventata assolutamente una sensazione unica nel suo genere. Mentre ogni centimetro entrava in me, le mie braccia si irrigidirono, avvolte attorno alle sue spalle. Nell'orecchio sentivo il calore del suo respiro accarezzarlo lievemente. Il signor Carawell ha posizionato le sue mani sui miei fianchi, ma sono comunque riuscito a gestire il ritmo. Per adesso. Ancora qualche secondo e lui venne completamente sepolto dentro di me. La stanza divenne silenziosa oltre al mio respiro gentile. Ho preso le mie dita e le ho posizionate sulle sue spalle, sentendo l'energia della sua massa muscolare sotto i polpastrelli. Ho iniziato a muovermi.

Si è trasformato in dipinti graduali prima di tutto. I miei fianchi si spostarono in avanti quanto bastava per mantenere la giusta prospettiva. Adoravo la sensazione dei miei seni che premevano contro il suo petto attraverso il tessuto della mia uniforme. Poi sono tornato indietro, toccando con la fronte il signor Carawell all'interno del sistema. Sentire le esalazioni del nostro respiro mescolarsi. In piedi sopportavo di dondolarmi avanti e indietro. È diventata una cosa nuova per me, ma la surrealtà dell'incontro non era ancora cresciuta fino a farmi impazzire. Si è trasformata quasi in una dipendenza; Non potevo fermarmi. A ogni sguardo rivolto al signor Carawell sentivo quasi la noia da parte sua. Era abituato al sesso lento? Con quell'idea, ho lavorato più velocemente per lui. Afferrandogli forte le spalle, praticamente sbattendo collettivamente i nostri petti. L'orgoglio che provavo divenne ancora più estremo e presto cominciai a sentire ancora una volta il calore dell'istante. Più veloce. Più forte. Più appassionatamente. In quel momento mi sono sentita una dea del sesso.

Le mani più o meno mi afferravano i fianchi. Mi sono fermato un secondo per guardare il signor Carawell che mi osservava. Non era ancora felice. Lo sentivo pomparsi da sotto. Ci sono stati solo alcuni affondi prima che il suo ritmo diventasse frenetico. Mi riempie fino in fondo, pompando a una tariffa superba. Non c'era alcun modo in cui avrei voluto trattenere i gemiti che inondavano la stanza mentre mi scopava come uno stupido. Ad ogni spinta il signor Carawell muoveva i miei fianchi per compiere le sue azioni. Non avevo voglia di fare l'amore. Mi sentivo come se avesse iniziato a usare il mio corpo per il suo piacere personale. In quel secondo, in quella stanza, l'idea mi ha eccitato immensamente.

Tutto si è svolto in modo confuso. Mi sono seppellita nelle sue spalle mentre sentivo crescere la mia femminilità. Ha artigliato brutalmente il mio ritorno, strappando l'uniforme in alcuni punti. La sedia tremava con una tale pressione che ero sicuro che potesse cadere. La mia mente dovrebbe prestare attenzione alla sensazione del suo cazzo che entra costantemente in me a un ritmo frenetico. Non potevo prevenirlo.

"Sto arrivando!"

Il signor Carawell smise di spingere. Ho ricominciato a macinare prima che mi mettesse la mano intorno alla gola. Non strettamente, ma abbastanza fermamente da rafforzare l'idea che aveva preso il controllo. Mi ci è voluto un momento per registrare ciò che sta accadendo.

"April, non verrai finché non lo dirò io."

Annuii con la testa, dimenandomi quanto avrei dovuto. Anche se è stato inutile. Non potevo sfidare il signor Carawell. Con la sua mano ancora sulla mia gola, mi appoggiai alle sue labbra. Lui ribattè il bacio, ma senza troppa convinzione. Come se gli stessi giurando fedeltà; ha iniziato a riconoscere la mia sottomissione. Le nostre labbra erano ancora chiuse, lui un'altra volta si insinuò dentro di me. Il modo in cui ha interpretato il mio frame è diventato magistrale. Abbiamo ballato al limite del mio orgasmo, negandomi sollievo con pochi secondi di anticipo. Ho resistito finché ho potuto. Il mio corpo trema per la tensione. Ho implorato. "Oh, per favore, signor Carawell. Non ne posso più. Per favore, lasciami venire."

"April, tuttavia non ti ho dato il mio permesso. Tuttavia ora non sono stato giustiziato con te ma."

"Oh... Ah! Oh per favore. Non posso... non posso sopportare molto di piùeeee Oh! OH! OH!" Sospirando, parlò.

"Ottimo. Potresti venire."

Nel momento in cui le parole lasciarono la sua bocca, sentii un'ondata di euforia espandersi nel mio corpo. Si è accumulato in un'estasi esplosiva che mi ha quasi fatto cadere. Il signor Carawell mi ha afferrato per farmi sedere immediatamente mentre continuava a pompare. Ho attraversato ogni momento attraverso il mio orgasmo prima che lui stesso venisse nel profondo di me.

Dopo ci fu silenzio. Nessun sussurro sommesso di guardoni alla porta. Nessun mormorio di smarrimento attraverso le pareti. Solo il dolce respiro dei due mentre il sangue tornava ad affluire alle nostre teste. La mia testa era appoggiata sulla sua spalla, guardandolo dritto in faccia. Il signor Carawell aveva gli occhi chiusi. Meditativo. Calma. È diventato quasi romantico. Prima che i suoi occhi si spalancassero.

"Voglio trasferirmi.

Prendendomi e mettendomi da parte, il signor Carawell cominciò ad accumulare i suoi indumenti. Mentre li posizionava meticolosamente nella parte bassa della schiena, mi chiedevo.

"Mi dispiace, volevo semplicemente che ti aiutasse... odiavo vederti soffrire in quel modo."

Sospirando ancora una volta, parlò.

"Non è quell'aprile. Non hai fatto nulla di sbagliato. Sono io."

Indossando i suoi indumenti a un ritmo quasi professionale, ha resistito.

"È come ho detto prima. Il mio sé passato non si è trasformato in una persona che voglio riemergere.

"Che cosa? Ciò che abbiamo semplicemente fatto ha suscitato qualcosa in te?»

Il signor Carawell rimase in silenzio mentre si abbottonava la camicia. Ho deciso di insistere sul problema.

"Posso gestirmi da solo. Tutto quello che abbiamo appena fatto, lo desideravo. Quindi vuoi essere un po' dominante? Non c'è niente di sbagliato in questo."

Ignorando la mia domanda, si è dato una volta nella replica. Volevo preservare la parola. Mostragli che il suo sé oltrepassato è scomparso. Ma ho scoperto che nonostante ciò è diventato praticamente un estraneo per me. E per quanto lo desiderassi, convincerlo a uscire dalle mie conoscenze. Per adesso.

"Questo non si presenterà più. Quando il giorno dopo li vedremo tutti diversi, non verrà menzionato ciò che è accaduto proprio qui questa notte. Ciò comporterà la tua risoluzione. Siamo chiari?"

Ho annuito.

"Sei ancora abbastanza bravo con l'incidente con il signor Lockheart?"

"Si signore."

«Molto correttamente. Buonanotte aprile.

E lì lasciò la stanza, lasciandomi con l'uniforme sfilacciata e il corpo dolorante. Sono andato in bagno e mi sono asciugato, cercando disperatamente di dormire un po'. Invece, ho passato la notte a guardare il soffitto nell'oscurità. Cosa potrebbe nascondere? Cosa è successo con sua moglie? Cosa è successo insieme al suo destino? Potrei scoprirlo a tempo debito. Passeremmo molto più tempo insieme.

Dopotutto, divento la sua cameriera.

FINE

Le modifiche e il layout di questa versione stampata sono Copyright © 2024
di Daniele Martinez

Milton Keynes UK
Ingram Content Group UK Ltd.
UKHW021944160724
445389UK00011B/509